행복의 리듬

행복의 리듬

발행일	2015년 9월 9일		
지은이	庭仁羊 김휜		
펴낸이	손 형 국		
펴낸곳	(주)북랩		
편집인	선일영	편집	서대종, 이소현, 권유선
디자인	이현수, 윤미리내, 임혜수, 김은해	제작	박기성, 황동현, 구성우, 이탄석
마케팅	김회란, 박진관, 이희정, 김아름		
출판등록	2004. 12. 1(제2012-000051호)		
주소	서울시 금천구 가산디지털 1로 168, 우림라이온스밸리 B동 B113, 114호		
홈페이지	www.book.co.kr		
전화번호	(02)2026-5777	팩스	(02)2026-5747
ISBN	979-11-5585-737-3 03810(종이책)		979-11-5585-738-0 05810(전자책)

이 도서의 국립중앙도서관 출판예정도서목록(CIP)은 서지정보유통지원시스템 홈페이지(http://seoji.nl.go.kr)와
국가자료공동목록시스템(http://www.nl.go.kr/kolisnet)에서 이용하실 수 있습니다.
(CIP제어번호 : CIP2015024384)

언어의 연금술사
김훤의 열네 번째 시집

행복의 리듬

庭仁羊 김훤 지음

일상의 기발한 위트 속에
삶의 통찰을 버무리다!

북랩 book Lab

목
차

오직 하나

태양 비바람 눈으로
지구의 젖이 불게 하여
만상을 가꾸면서도
어떤 대가도 바라지 않는 하늘

그렇게 하늘이 하는 일을
도道
하늘에게 배운 인간이
베풀어 사는 것을 덕德

많이 베푼 사람을
덕을 쌓았다 하고
속이고 빼앗은 사람을
덕을 잃었다 한다

나는 가난하다
베풀 게 없다
하지만 오직 하나
내가 가진 몸을 베푼다

머리에 든 지혜
입이 말하는 친절과 진실
가슴이 품은 이웃 사랑
손과 발로 잡아 주고 이끌어 주는

본성

울 엄마를
아버지는 여보
할머니는 어멈아
고모는 올케라 부른다

내 마음의 본성도
기독교에서는 하나님
불교에서는 부처님
이슬람교에서는 알라

주체는 하나인데
신앙과 종교에 따라
저마다 다르게 부르고
자기들만이 유일신이란다

신을 밖에서 찾으면
나는 신의 종이요 노예
신을 안에서 찾으면
나는 신의 창조주

안에서 찾는 정신세계는
가진 게 없어도 넉넉하고
밖에서 찾는 물질세계는
넘쳐나도 모자란다

질문과 답

나는 누구인가
왜 살아야 하는가
왜 대학을 가는가
사회는 왜 이 모양인가
더 나은 세상은 없는가
삶의 가치는 무엇인가
목표는 무엇인가

답은 간단하다
내 몸이 가진 것을 베풀어
이웃을 아껴 주면
이웃으로부터 사랑 받고 복 받는다

이미 다 주어졌다

대명천지 대낮을
전기를 켜서 밝힌다면
몇억 개의 발전소일거나
그런데 공것이 아닌가

숨 쉬는 산소를
잠수부처럼 사서 마신다면
몇만 통을 사야 하는가
그런데 공것이 아닌가

나무그늘에 부는
시원한 바람을 만나려면
얼마나 많은 에어컨인가
그런데 공것이 아닌가

이미 다 주어졌다
어느 것 하나
넉넉하지 않는 게 없다
땀을 보태며 기뻐하는 거다

그리스도인

날마다 태초이게 하겠습니다
생각마다 십자가를 지겠습니다
행동마다 하느님이게 하겠습니다
살아 갈수록 그리스도인이게 하겠습니다

내 인생의 텃밭

상대방의 가슴은
언제 어디서나
내 인생의 텃밭

나를 떠나 상대에게
베풀고 아껴 주는 게
선

나를 위해 상대를
해치고 방해하는 게
악

아무리 작아도
선의 나무에서는
선의 열매가 열린다

아무리 작아도
악의 나무에서는
악의 열매가 열린다

항해

나의 항해는 정박했다
시간은 허리가 부러졌다
파도의 꿈들은 빨간
등대 위에 뿌리를 내린다
섬들은 모래알 속에서
그 옛날을 노래하고
석양은 굴뚝 뒤로 떠났다
쉬자
이제는 휴식이다
실오라기 하나 걸치지 않은
밤은 탱탱하다
한숨의 손끝이 스치기만 해도
장미는 허벅지가 미끌미끌하다
동녘의 섬섬옥수가
아침의 옆구리를 간지른다*
닻줄을 감아라
거친 파도를 헤치고 나가리라
밤이 아니면 낮은 없다
항구가 없는 배가 무슨 일을 하랴

*간지르다: 간질이다

좋은 귀

진짜 좋은 귀는
잘 들리는데
남을 비방하는 소리는
들리지 않는 귀

더 좋은 귀는
들어도 귀가
입으로 가지 않는 귀

그리고
끝까지 들어 주는 귀

접시에 계신 하느님

익은 생선이 접시에 놓였을 때
접시에 하느님이 계셨습니다

가운데 살점 한 입 떼어 먹어
꼬리 대가리 뼈만 남을 때

자기 입만 생각한 내가 불쌍해
하느님은 앙상한 뼈가 되었답니다

꼬리 대가리 뼈를 발라 먹고
살점을 권하니

그의 가슴속에 계신 하느님이
접시에 꽃무늬를 놓았답니다

해우소

해우소를 나오면서 깨달았다
주워 담아 복잡하게 산 것보다
비운 게 훨씬 더 편한 것을

낙엽 하나

해인사 단풍길
쓸쓸한 낙엽 하나

팔만대장경을 안고
무상의 거리로 떠난다

지옥이 없습니다

땅 흘려 일하는 재미
피곤하면 잡니다

욕심난 것도 없습니다
부러운 것도 없습니다

줄 것도 없습니다
받을 것도 없습니다

두려울 것도 없습니다
무서울 것도 없습니다

죄가 없으니
지옥이 없습니다

상추씨

잎이 시들고
대가 마르고
뿌리가 뽑혀도
상추씨에는 봄이 있습니다

늙어가고
병들고
무덤이 찾아와도
영혼에는 다시 청춘이 있습니다

이슬

풀잎에 누운 알몸의 이슬
아침 햇살의 키스를 받더니
얼마나 좋아했으면
무지개를 임신했을거나

벌레

몸을 구부렸다 폈다 하는
저 벌레는
기는 삶이 아니라
날아가는 삶을 찾아가고 있다

쉬는 일 없이
멈추는 일 없이
제자리를 돌면서도
내일을 찾아가는 시계바늘처럼

소엽풍란향

가슴에 두 개의 수류탄
허리에 대검
걷어붙인 팔소매에서 내다 본 근육
철모 아래에서 웃는 입술 같은 향기

네게 눈감아 안기면
야전병원에서
부상병을 간호하는
하얀 간호사를 만난 듯

미소와 달항아리

당신의 미소를 담으려고
하얗게 순결하고
둥글어 원만한 몸의
속을 몽땅 다 비웠습니다

춘란

조금 다르다는 건 엄청나다
잎 가운데로 노란 무늬가 들어간
춘란 중투
촉당 이억 원 호가

홍시

떫다고 뱉어 버리고
못 먹는다고 던져 버린 풋감

햇살에서 단맛을 고르고
미풍에서 헹군다

마지막 햇살까지 아끼고
별빛에서도 모은다

모두들 쳐다보는
홍시로 익었다

조개껍데기

백사장에서 주은
조개껍데기

평생 소유한 작은 집 하나
그 집을 지고 이사 다니면서

작은 섬들의 그리움과
조수의 밀어를 따다가

예쁜 문양을 새기고
고운 빛깔로 노래한

산골에 살자

그까짓 부귀영화 어디에 쓰랴
평생 동안 나를 짐꾼으로 만들어
비탈길 고갯길을 오르게 한

깊은 산속에 들어가
단 하루라도
짐을 버리고 살자

나는 장작을 패고
아내는 나물을 씻고
새소리 고우면 반기면서

여름엔 골짜기 맑은 물
겨울엔 장작불
타는 고구마 냄새 오두막을 채운

가을물

가을물 맑아
창자가 보인다

언덕 위의 미루나무
물에서 거꾸로 산다

흰 구름의 알몸이
물봉선화 곁에서 목욕을 한다

물에 든 내 얼굴
물결에 흔들린다

바늘

많은 재능이 필요한 게 아니다
가진 것이라곤
온몸에 바늘귀 하나

그것만 있어도
오색실을 골라
금수강산을 수놓는다

적대봉

바라보면
언제나 다정히
나와 마주하는 적대봉

비 온 뒤에 갈아입은 푸르름
안개 위의 봉우리
구름보다 높다

안개의 입술로 입 맞추고
부드러운 손길로
어루만지니

골짜기에
하얗게 흐른 폭포
숲을 적신다

한 무리의 흰 구름
봉우리에서 쉬었다 떠나니
적대봉은 흰 구름의 정지

오늘은 참 좋은 날

한낮에 잎이 처져 있다
물을 주었더니
생기를 되찾는다

오늘은 참 좋은 날
시들어 가는 생명이
되살아나는 것을 바라보는

사랑 농사

농부가 땀을 흘리는 것은
작물을 위해서만이 아니다
자기가 거둘 수확을 위해서다

사랑은 받는 것이 아니라 주는 것
주는 이에게 내린
축복을 수확하기 위해서

몰래한 사랑

안방 식구들 몰래
네 방에 들었다
신문지 깔고
신발까지 들여 놓았다

참 이상하다 밤은 왜
쌍둥이가 아닐까
새벽은 왜 그리
성질이 급할까

도시의 섬

모텔
문을 잠갔다
도시의 섬

벗어던진 문명의 제약들
아담과 이브
여기가 에덴동산

과수원

과수원을 가꾸고
익은 사과를 따라

비밀한 곳에서
사근사근한 맛을 즐기라

땅 한 평 없고
사과나무 한 그루 없어도

안아 주고
안겨 오는 과수원

단 둘이면 언제나
붉은 사과를 따는

인간의 눈

인간의 눈
신비요 수수께끼

만상이 들어와도
좁은 적이 없다

만상이 사라져도
줄어든 적이 없다

눈꺼풀이 떠지면 낮
눈꺼풀이 내리면 밤

모든 것을 찾기도 하고
모든 것을 지우기도 하지만

더러는 감을수록
잘 보인 그리움

복 짓기

여름날 길을 간다
도로에서 인도로 오르려고 하는데
벽돌 한 장 높이를 오르지 못한
중풍환자

지금 그 사람의
가슴속에 계신 하느님이
도와주고 복 받으란다
손을 주고 올라오게 했다

영리한 나

영어 수학
법전을 다 외워서가 아니다

재능을 찾아내고
목표를 세우고

땀을 반죽하고
즐길 줄 알아서다

내가 내 세상 살고
은혜도 갚고

두 형제

어려운 살림에
둘 다 가르칠 수가 없어서

형은 대졸
동생은 국졸

어려서 자전거포에 취직
빵구나 때우더니

지금은 일급 정비사
시간을 낼 수가 없다

형은 동생의 정비소에서
회계를 보는 월급쟁이

산삼

산삼이 없는 게 아니다
있는데 못 찾는다

잡초 사이에 섞여
잡초라 하는 거다

눈에 띄지 않는 동안
신비한 약성을 키운 산삼

심마니에게 큰절을 받고서야
산삼은 산삼이 되었다

안중근 의사

어머니 조아라 여사가 지어 준
하얀 한복을 입으시고
사형대에 앉은 안 의사

미국을 폭격하고
소련을 침공한 칼로도
그의 기개를 치지 못한 일본

배상背象

걸출한 인상인 관상
출세운이 천장을 뚫는 수상
너그럽기가 부처인
심상이 아닙니다

함께 살다 떠날 때
결코 헤어질 수가 없어서
차마 보낼 수가 없어서
눈물의 강을 건너간 사람

그 자리를 뜨지 못하고
안 보일 때까지 서 있는데
떠나는 뒷모습인 배상이
그러나 아름다운 사람

사과나무 이야기

어리고 약한 사과나무에게
뒷거름이며 쓰레기를 버려
세상은 환멸이라며 괴로워했다

그럴수록 튼튼해야 한다고
냄새난 뒷거름을 빨며
자기가 자기를 키웠다

겨울을 난 주인은
수종을 개량했다
굵고 맛있는 사과나무만 두고

토끼와 거북

영리하고 빠른 토끼는
재간 있고 능력 있으니까
시시한 만족에 자기 시간 다 써 버려
힘들지 않는 경주에서 실패한다

미련하고 느린 거북은
목표를 정하고
땀 흘리며 숨차게 도전해
비교도 안 된 경주에서 승리한다

좋은 말

좋은 말을 자꾸 하면
내 인생에 봄이 오고
상대의 가슴에는
꽃이 핍니다

반가워하십시오
죽었던 사람을 다시 만난 듯
기뻐하십시오
잃어버린 청춘을 다시 찾은 듯

진짜 우등생

공부가 별로라도
미련하다고
기를 꺾지 마라

운동에 소질이 보이면 운동
재배에 소질을 보이면 농사
요리에 소질을 보이면 요리사

모든 일은 신이 창조한 것
자기 일에 최선을 다한 게
진짜 우등생

외식교육

부모를 따라 외식을 할 때
어디 가서
무엇을 먹느냐가 아니다

어떤 자세로 기다리고
어떤 태도로 먹으며
왜 감사해야 하는가를 배운다

생명줄

무릎에 앉은 손주 손을 펴 보시고
명줄이 짧은 게 그리 걱정되어
손톱으로 긋고 긋고 또 그어
명줄을 길게 하시던 할머니

손금에서 생명선이 길어진다고
타고 난 목숨 더 길어지랴만
손금에서라도 오래 살게 하려고
생명줄을 늘리시던 할머니

어머니

어머니는 내게
젖을 물리신 교회요
기저귀를 갈아 주신 예수요
항상 함께해야 할 하느님입니다

물 끓이는 아내

덜커덩거리는 주전자 뚜껑을
바라보는 자세는
보름달처럼 원만합니다

기다리는 팔뚝은
삐비꽃 피는 봄 언덕에
꾀꼬리 소리가 날아들 듯

끓는 물을 컵에 따르는
엄숙한 모습은
묵언의 수행보다 진지합니다

아, 우리네 일상은
저렇듯 소중한 깊이로
가득합니다

행복의 리듬

아침 햇살이
커튼을 산책하기도 전에
달가닥 달가닥 부엌 소리
저 리듬을 타고 스텝을 밟는 행복

턱

딸만 내리 셋
아들이 하나
결혼하더니
첫아들을 낳은 며느리

시아버지 웃느라고
입이 닫히지 않는다
온 동군이 다 나와서
턱을 받쳐 주어야 할 판

레몬나무

병원에 입원한 것은
어쩔 수 없다만
큰 화분에서
많은 가지 뻗고
입이 살진 레몬나무
물도 못 얻어먹고 시들라
그것이 걱정이다

돼지저금통

동전을 먹고
신사임당을 잉태한
정직한 재주꾼

그 돈은 병원으로 가
가장 친절한 간병인이 되어
나의 종신자식이 되리라

부자 되기

부자 되기는 쉽다
필요한 것이 별로 없으면
욕심난 게 없는 부자다

배신

딸만 다섯
명년 봄이면
큰딸이 대학생

등록금을 보탠다며
식당일을 나가더니
보름도 안 되어 줄행랑

본남편 술에 취해
옛날엔 어떤 못난 남자가
여자를 팰까 했는데

지금 눈에 보이면
길에서 옷을 찢고
간을 씹겠단다

모기

모기약을 뿌렸다
몰래 남의 피를
빨아 먹으려다
신세 조졌다

여행

여행은 걱정이 없다
비자가 필요한 것도
여비가 드는 것도 아니다

사색의 깊은 골엔
나의 비밀한 왕국이 있고
궁녀와 시종들이 있다

여행 중에 최고의
아름답고 멋있는 여행은
나를 떠나는 것

불평분자

오이를 먹는다
맛있는 데는 다 놔두고
하필 외꼭지를 먹으며
써서 못 먹겠단다

겨울 풍경

눈 쌓인 가지가
휘어져 버티고 있다
웅크린 햇살이 다가와
곱은 손으로 털고 있다

벽돌공

한꺼번에 돈 벌고
한꺼번에 잘살려고 하지 마라

작은 일도 즐기고
작은 수입도 고마워하라

무리하지 마라
능력만큼 하라

한 번에 한 개씩 쌓는 벽돌공
빌딩을 짓는다

정직한 사람

못 써서 버린 것도
바르게 놓여 있어야 한다

청소

날마다 집안을 청소했더니
집안이 나를 청소해 준다

국제사법재판소

예수의 사랑
부처의 자비

머리가 아닌
가슴에서 이루어진다면

국제사법재판소
거미줄 치리라

독도

1905년부터 자기네 땅이라고
그럼 1905년 이전에는 한국 땅
1905년에도 한국 땅
1905년 이후에도 한국 땅

1945년 포츠담선언 때
독도는 한국 땅이라는 명시가 없으니까
일본 땅이라면 일본 땅이라는
명시가 없는 일본은 한국 땅일거나

우리 땅을 우리가 갖고
우리 땅에 우리 국민이 살고
우리의 태극기가 휘날리는
동해의 두 돌섬 독도

독도가 없으면 오륙도가 국경
동해를 빼앗고
부산 앞바다에 함포를 들이대고
본토를 공격할 텐데

너는 대한민국의 요새
동해의 만리장성
한반도를 태평양으로 넓힌
싸우지 않는 대승리

일본의 어머니들

헌법을 수정한 일본
이름하여 평화헌법
이웃이 침략을 받으면
이웃을 위해 싸운다는

싸움을 걸 이웃도
쳐들어 갈 이웃도
자기들이면서
전쟁을 위한 수작

일본의 어머니들
자식을 전쟁터에서 죽이기 싫다며
아이를 업고 데모를 했다
세계평화를 이룰 수호천사들

평범한 일상

사랑할 수 없는 것을
사랑하면서

구할 수 없는 것을
구하면서

나를 모르면서
남을 알려고 하면서

얼마나 힘들고
고달프게 사는지

주어진 것을 사랑하고
있는 것을 즐기면

행복은 거기에 있기에
평범한 일상은

내 인생을 빛낸
한없이 소중한 보물

오늘날의 광산

금을 캐러 산으로 가고
사금을 캐러 강가로 간 옛날

지금은 시대가 바뀌었다
자기의 재능이 광산이다

권투 선수는 글로브에서
축구 선수는 축구화에서

음악가는 악기에서
화가는 붓에서

해리포터를 쓴 조앤 여사는
이 년 동안에 이조 원을 캤다

학벌이 아닌 재능이다
볼펜에서도 금은 쏟아진다

오래된 의자

때도 끼고
삐거덕거린 의자

한종일 방 한쪽에
쓸쓸히 홀로 앉아

말없이 기다리다가
지친 몸을 무릎에 앉힌다

무거운 기색도 없이
졸음까지 안겨 준

뼈

단단한 게 뼈지만
물컹한 살이 아니면
해골이다

문화의 대지

길을 가자면 발바닥 넓이의
땅만 있으면 되는 게 아니다
그 땅을 받치는
넓은 대지가 있어야 한다

나라 살림에는
정치나 경제만이 아니다
그것을 떠받치는
문화의 대지가 있어야 한다

마른 지갑

몸 약한 것보다
지갑 약한 것에
속이 더 상한다

얼마나 많은 땀을 흘려야
어떤 보약을 먹여야
주린 배가 일어날거나

모으기보다 빼 쓰기 바쁘고
오랜만에 차오른다 싶으면
먼저보다 더 빠져 나간다

많은 돈도 바라지 않는다
튼실한 지갑 데리고
나들이 한번 해 보고 싶다

알사탕

옷을 활딱 벗겨
던져 버렸다

온몸을 빨아
녹여 버렸다

시원하다
녹일 수 있을 때까지 녹여

당신의 미소를 심고

대나무 그림자로
달빛을 쓸어 모아
화분을 채우리라

거기에 당신의 미소를 심고
들며 나며 돌보는
그런 재미로 살리라

자연보호

내가 버린 쓰레기가
지구의 목을 밟고 있다

사람이 지구를 들 수는 없어도
살지고 젊게 할 수는 있는데

가을길

혼자 길을 걷는다
고뇌도 번뇌도 단풍 드는가
가슴에 낙엽 지는 소리

조개

조개를 조개라
무시하지 마라

뻘밭에서도
하얀 속살로 살고

상처에 박힌 모래알을
진주로 키운

연못가에서

연잎 아래
절집이 비치고
금붕어 한 마리
그 집으로 들어가
물방울 하나 물고 나와
빠끔 뿜어 올린다
만상은 공空이라고

이사

가는 사람
오는 사람
하루면 되지만

머리가
가슴으로 이사하는 데는
평생이 걸린다

행복한 남자

남편이 죽은 뒤
밤마다
목욕하고 화장한 여자

꿈에서 만나도
자신 있는 몸으로
사랑받아야 한다나

이불 덮어주기

새벽에 일어나
차버린 이불을
깊이 덮어준다

따뜻한 온기의
날개 밑에서
보송보송 고운 꿈이 깨어나라고

몸

나를 가장 신나게 하고
행복하게 한 것도 내 몸

나를 가장 고통스럽게 하고
죽음으로 끌고 간 것도 내 몸

꽃잎 사랑

보아라
버림받고
짓밟혀

피멍이 번지고
살이 으깨지고
뼈가 부러진 고통 속에서도

짓밟는 신발에까지
향기를 나누어 준
꽃잎 사랑을

제비꽃

님이 오시려나 보다
안 오시면 어쩌나
보랏빛 슬픈 얼굴

머리에 이슬 꽂고
이른 새벽부터
길가에 나온 제비꽃

발소리 들으려고
눈을 깜박이며
귀를 땅에 보낸

석류

님이여
옆구리 터 보여드릴게요
유리알 맑은 마음이
혼자 키운 그리움으로
얼마나 붉게 물들었는가를

부부

당신과 내가 만나
살 섞으며 살아도

나는 나를 모르고
당신은 당신을 모르지만

당신은 나밖에 모르고
나는 당신밖에 모릅니다 그려

어찌

어찌 약하고 비겁하랴
태어난 것도 나
살아가는 것도 나
죽는 것도 나

어미닭이 쪼아댄 병아리는
자라서 수탉이 되고
새벽 한 울음소리로
어둠속에서 태양을 건져 올려

동편 가지에 거는데

상상력의 시와
현실 잠언적인 시

송수권 전 순천대 교수
한국풍류문화연구소장

(1)

김훤의 시제를 요약하면

첫째는 감수성의 논리에서 나온 사물의 감각화 코드를 들 수 있다.

둘째는 불교정신이 능한 시 세계

셋째는 현실적 발언의 신변적 코드를 들 수 있다.

넷째는 자연과 인간이 하나 되어 조화를 이루는 시다.

김훤 시인은 고흥이 낳은 시인이다.

오랜 세월 동안 향토 지킴이로서 시를 써왔고

이번 시집은 열네 번째의 시집이다.

사물을 접하여 정을 펴내는 것을 정서, 즉 서정抒情이라고 한다. 정(마음)이 발동하지 않고 고요한 상태를 성性이라고 한다면 마음이 사물(세계)과 부딪쳐 일어나는 마음의 율

동이 정情이다. 마음의 율동이 정서 속에 들어오면 이 세계의 사물은 그 어느 것 하나도 무정한 것이 없고 죽은 사물이 없다. 이른바 만물유생萬物有生이다. 여기서부터 상징과 비유에 의한 시적 언어가 생겨난다. 이 생명 활동을 마음의 눈으로 보고 정을 운문(verse)에 실어내면 그것이 곧 서정시다. 서정의 세계는 물활론物活論이요, 만물에 정령이 있다는 믿음의 세계요, 애니미즘의 세계라고 할 수 있다.

예를 들면 돌맹이 하나도 시인의 눈에는 정령이 붙어 수십억 년 전의 빗소리, 이슬 내리는 소리, 공룡의 울부짖음, 뇌성벽력의 숨소리를 기억하고 있다. 이것은 과학적으로도 증명이 되는 가이아(Gia) 현상이다.

김훤의 14번째 시집 〈행복의 리듬〉도 초기 시와는 크게 다름이 없어 보인다.

그의 시는 지극히 잠언적 요소를 내포하면서 현실적인 발언을 중시하고 있다. 동시에 사물의 세심한 운동성을 짧은 시에 포착하고 있는 예지는 눈이 부신다.

> 몸을 구부렸다 폈다 하는
> 저 벌레는
> 기는 삶이 아니라
> 날아가는 삶을 찾아가고 있다
>
> 쉬는 일 없이
> 멈추는 일 없이

제자리를 돌면서도
내일을 찾아가는 시계바늘처럼

- 벌레, 전문

8행의 단명한 시에 벌레의 생명운동이 압축되어 상상력의
폭을 넓히고 있다. 요즘 시들은 요설체로 산만하고 길어지
는 산문 형식이 특징이지만, 그의 시는 이처럼 간단하고 명
증한 형식을 취하면서 투명하다. 벌레는 기는 삶이 아니라
날아가는 삶을 찾아가는 운동성이면서 이는 언젠가는 우화
등선羽化登仙을 꿈꾸는 삶을 구가한다.

제 2연은 벌레 한 마리의 끊임없는 꿈틀거림이 시계바늘처
럼 움직이고 있음을 직관력의 눈으로 통찰하고 있다. 시는
'주어 + 동사' 하면 족하다고 할 수 있는데, 그의 시에는 수
식어 가령 형용사나 의성어, 의태어 등의 쓰임이 전혀 보이
지 않고 있는 것이 오히려 상상력의 폭을 넓히고 있는 하나
의 미덕이다

당신의 미소를 담으려고
하얗게 순결하고
둥글어 원만한 몸에
속을 몽땅 다 비웠습니다.

- 미소와 달항아리, 전문

미소와 달항리인데, 당신의 미소는 달항아리처럼 둥글고

원만한 데서 착상된 시다. 다시 말하면 추상적 관념을 구체적인 사물인 달항아리(백자)로 비유시켰다. 이는 곧 시각적 원리에서로 성립되는 지극히 기초적인 공식이다. 즉 원관념(T)과 보조관념(V)으로서 시는 상상력을 통과할 때 훨씬 현실 이상의 핍진성을 가지는데, 우리는 이를 시의 진실이라고 말한다. 벌레 한 마리가 우화등선을 꿈꾸는 이상적 세계의 산물이라면 그대의 아름다운 미소는 달항아리에 담음이 마땅하다.

　시는 진실의 세계요, 미의 산물이라는 점에서 단 넉 줄에 요약되는 묘사감각은 백미편에 든다고 할 것이다. 더구나 현대시 쓰기에는 요설체로 또는 산문 형식으로 비틀어대는 긴 시편들에 비하여 그의 시가 이처럼 짧은 형식을 밟고 있다는 데는 오랜 공력이 있었던 것으로 보인다.

　14시집을 상재하는 경험에서 온 산물일 수도 있고 평소 그의 성격으로 보아 남을 비판하거나 시대를 원망하는 비판정신을 역으로 해석할 수도 있다.

　　님이여
　　옆구리 터 보여드릴게요
　　유리알 맑은 마음이
　　혼자 키운 그리움으로
　　얼마나 붉게 물들었는가를

　　　　　　　　　　　　　　- 석류, 전문

옆구리가 터지는 석류알의 마음이 곧 그대를 사랑하는 내 마음이라는 에로스에 대한 절실한 믿음이 5행에 실려 있다. 이는 곧 혼자 키운 유리알 같이 맑은 사랑이다.

81편의 시에서 사랑의 미학을 수놓은 시는 몇 안 되지만 옆구리가 터지는 사랑이야말로 다분히 해학적이고 아이러니가 있어 감동을 자아낸다.

이상으로 사물의 감각화를 접한 그의 감수성의 시편들을 살펴보았는데, 다음과 같은 특징을 엿볼 수 있었다.

첫째, 그의 시는 짧은 형식 속에 폐부를 찌르는 촌철살인과 같은 날카로움이 시적 감각을 발견할 수 있다.

둘째, 시가 언어예술이라는 점에서 또는 언어를 빚은 세공품이라는 점에서 그의 시세계는 절대 이상의 세계를 지향하고 있다.

(2)

무소유의 세계는 있는 것을 전부 비움의 세계가 아니라 가진 것을 조금씩 비워가는 삶을 말한다.

일체유심조一切唯心造란 마음의 다스림을 말하며 상구보리 하화중생의 자비심을 말한다. 유마거사는 겨자씨 한 알에도 3천 세계가 들어 있다고 했다. 최치원이 풍류도에서 말한 접화군생接化群生이란 정신은 불교정신과도 상통한다.

> 해우소를 나오면서 깨달았다
> 주워담아 복잡하게 산 것보다
> 비운 게 훨씬 더 편한 것을
>
> - 해우소, 전문

위의 시에서 말하는 '깨달음'이야말로 자력종교인 불교의 요체요, 무소유 정신이라 할 것이다 복잡하게 산 것보다 비운 게 훨씬 더 편함이 바로 이 내용이 지시하는 깨달음의 정신이다. 깨달음이 없이는 반야의 세계에 다다를 수 없음을 시사하고 있다.

반야의 세계란 지혜를 말하며 해우소解憂所란 세심청정의 빈 자리를 말한다. 즉 근심 걱정을 씻는 곳이 곧 해우소(절간 화장실)란 뜻이다. 이는 곧 정심정각正心正覺의 세계요, 열반에 이르는 길을 말한다. 조금씩 비워가는 삶이야말로 '벌레'에서 말한 우화등선羽化登仙의 세계요, '미소와 달항아리'에서 말한 둥글어 원만한 몸에 이르는 달항아리 같이 비움의 세계로 그 허정한 공간을 그대의 미소로 채우는 이상세계다.

물론 김훤의 시세계는 불심으로 가득찬 세계는 아니다.

다음 시는 요설이 섞인 진술체의 문장인데 인간의 '본성'이란 무엇일까를 묻는 화두를 던지고 있다

> 울 엄마를
> 아버지는 여보

할머니는 어멈아
고모는 올케라 부른다

내 마음의 본성도
기독교에서는 하나님
불교에서는 부처님
이슬람교에서는 알라

주체는 하나인데
신앙과 종교에 따라
저마다 다르게 부르고
자기들만이 유일신이란다

신을 밖에서 찾으면
나는 신의 종이요 노예
신을 안에서 찾으면
나는 신의 창조주

안에서 찾는 정신세계는
가진 게 없어도 넉넉하고
밖에서 찾는 물질세계는
넘쳐나도 모자란다

- 본성, 전문

현실적 자기 발언이 묻어나서 시적 아우라(aura)가 선명하진 않지만 〈주체는 하나인데....〉라는 발언에서 자기 고민과 연민이 듬뿍 묻어난 시다.

> 해인사 단풍길
> 쓸쓸한 낙엽하나
>
> 팔만대장경을 안고
> 무상의 거리로 떠난다
>
> - 낙엽하나, 전문

해인사 단풍길을 걸으며 무상의 바다에서 자신을 돌아보고 깨닫는 시다 '쓸쓸한 낙엽' 한 장에서 장경의 바다인 무상의 거리와 낙엽 한 장이 커플 정을 이룬 시다. '팔만대장경과 낙엽 한 장'의 비교 감각인 감수성은 단풍길의 사색으로 이어진다. 다시 말하면 낙엽 한 장과 8만장경은 무엇이 다른가라는 실존의 존재를 깨닫는다고 할 수 있다. 낙엽 한 장이 8만 장경을 다 가려버리는 큰 울림을 자아내니 이렇게 따뜻하다.

(3)

상상력과 감수성을 통과한 시는 가슴을 적시지만 현실적 발언은 아무래도 힐링에 도전하지 못한 아쉬움이 있기 마련이다. 현실적 사건이라 해도 그것은 재창조라는 장치를 통과하지 않을 때는 영혼(가슴)을 적시지 못한다.

금을 캐러 산으로 가고
사금을 캐러 강가로 간 옛날

지금은 시대가 바뀌었다
자기의 재능이 광산이다

권투선수는 글로브에서
축구선수는 축구화에서

음악가는 악기에서
화가는 붓에서

해리포터를 쓴 조앤 여사는
이 년 동안에 이조 원을 캤다

학벌이 아닌 재능이다
볼펜에서도 금은 쏟아진다

-오늘날의 광산, 전문

불교적인 편에서 근본적 실존의 무상을 말한다면 그의 현실발언적인 시에서는 잠언적 요소가 짙게 드러난다. 잠언은 세상과 한 시대를 깨우는 역설적 기법이다. 아이러니보다는 메스의 칼끝이 날카롭지 못하고 차갑다. '메스는 날카롭지만 그 칼끝은 따뜻해야 한다.'는 말은 시 속에 들어가는 구원의식의 이름이다. 위의 시는 세태를 풍자하는 역설이다. 다시 말하면 물신시대를 해부하는 시인의 촉수가 드러난다. 위의 [1]과 [2]의 '벌레'나 '낙엽하나'를 아이러니에 의한 감춤의 기법이라고 한다면 이는 가슴보다는 머리를 드러내는 시가 될 것이다.

어려운 살림에
둘 다 가르칠 수가 없어서

형은 대졸
동생은 국졸

어려서 자전거포에 취직
빵구나 때우더니

지금은 일급 정비사
시간을 낼 수가 없다

형은 동생의 정비소에서
회계를 보는 월급쟁이

-두 형제, 전문

이 역시 한 시대의 세태를 드러낸 시다. 아이러니와 풍자가 함께 섞여 있다. 사물에 가닿는 따뜻한 언어라기보다는 밖으로 드러난 노출된 언어다. 이 경우 우리는 낮은 언어가 세상을 깨우는 것이지 '높은 언어가 세상을 깨우는 것이 아니다라는 시적 명제 하나를 기억할 수 있다.

(4)

> 혼자 길을 걷는다
> 고뇌도 번뇌도 단풍 드는가
> 가슴에 낙엽지는 소리
>
> - 가을 길, 전문

이 시는 인간과 자연이 하나가 되는 순수 무구한 시다. 울긋불긋 아름다운 단풍잎이 떨어지듯 행복하기 위한 고뇌와 번뇌가 단풍 빛을 따라가고 주체의식이 강한 나 자신으로 돌아가는 당당한 시다.

> 병원에 입원하는 건
> 어쩔 수 없지만
>
> 큰 화분에서
> 많은 가지 뻗고
> 잎이 무성한 레몬나무

물도 못 얻어먹고 시들라

그것이 걱정이다

-레몬나무, 전문

  이 시에는 전쟁과 평화가 묻어난다. 자기 몸이 아파 병원에 입원하게 되었는데도 자기 아픈 몸보다 레몬나무가 시들까 걱정이다. 인간의 상대가 식물인 레몬나무지만 무더운 여름 동안 잘 키워놓은 것은 이웃에 대한 사랑이요 자비정신이다. 식물에게까지 이렇게 정을 주고 사랑하는 사람들이 모여 사는 세상이라면 어찌 파괴와 살상을 일삼는 전쟁에서 청산과부와 전쟁고아가 생겨나겠는가?

  인간이 인간을 죽이는 잔인한 세상은 없어지고 돈과 재산을 떠나 꽃과 나비처럼, 밤하늘에 별처럼, 서로가 융합하는 아름다운 세상이 펼쳐지리라. 죽어서 천국에 가는 것보다 살아서 천국을 만들어 사는 거다.

  앞으로 많은 발전을 기대합니다.

저서

제1시집
그대 가슴에 라일락꽃을

제2시집
쪽지에 싸아 준 밀어의 심장

제3시집
눈썹터럭 하나로

제4시집
쓰라린 가슴 속에서 뜨겁고
빛나는 사랑은 피어납니다

제5시집
새는 날면서도 나무를
찾는다

제6시집
장닭은 새벽 한 울음소리로
태양을 어둠 속에서 건져올려
동편 가지에 걸고

제7시집
쌍무지개

제8시집
잘생겨서 미안해

제9시집

찌르레기 사랑

제10시집

신의 노래

제11시집

싯다르타

제12시집

샛별은 태양의 품에 안긴다

제13시집

땀방울 속의 황금